KB071136

식물성 피

이주송

시인의 말

잠잠한 숲은

바람이 설계한 순간들

움직이는 것을

되짚어 가면

거기, 묵묵한

제자리가 있다

2022년 9월

이주송

식물성 피

차례

1부 향기에도 난간이 있어

2부 모란 몇 송이를 끌어들여

3부 안부를 묻는 방향이 바뀔 때마다

4부 그늘 몰래

해설

1부

향기에도 난간이 있어

식물성 피

버려진 차의 기름통에선
몇 리터의 은하수가 똑똑 새어 나왔다
빗물 고인 웅덩이로 흘러 들어가
한낮의 오로라를 풀어 놓았다
그러는 사이 플라타너스 잎들이
노후된 보닛을 대신하려는 듯
너푼너푼 떨어져 덮어 주었다
칡넝쿨은 바퀴를 바닥에 단단히 얽어매고
튼실한 혈관으로 땅의 숨결을 불어넣었다
햇빛과 바람, 풀벌레와 별빛이 수시로
깨진 차창으로 드나들었다
고라니가 덤불을 헤쳐 놓으면
그 안에서 꽃의 시동이 부드럽게 걸렸다
저 차는 버려진 것이 아니라
식물성 공업사에 수리를 맡긴 것이다
그래서 소음과 매연과 과속으로 탁해진
그동안의 피를 은밀히 채혈하고
자연수리법으로 고치는 중이다

풀잎 머금은 이슬로 투석마저 끝마치면
아주 느린 속도로 뿌리가 생기고
언젠가는 차의 이곳저곳에 새들도 합승해,
홀연 질주 본능으로 기슭을 배회하다가
봄으로 감쪽같이 견인될지도 모른다

아이들은 효율성 좋은 자동차라고
차 문을 열거나 지붕 위에서 뛰기도 하지만
계절의 시속으로 함께 달리는 중이라는 걸
아무도 모를 것이다 지금도 차 주위로
푸릇한 수만 개의 부품이 조립되고 있다

단맛의 연대기

활짝 핀 풍접초가 어둑해질 때까지 벌들이 윙윙거린다 근처에 밀랍의 상자가 있는 것일까 그러나 이 마을에는 벌을 키우는 이야기가 없다 다만 면면 채취의 본능이 들판을 펼쳐 놓았을 뿐, 모으는 맛과 내어 주는 맛이 벌과 꽃 사이에서 연대기를 기록 중이다 산 너머 절벽 아래 벌통 몇 개가 있다는데 아, 단맛의 거리란 또 얼마나 아득한 것인가 꿀에 빠져 죽은 개미를 본 적이 있다 꿀 속에서도 눈을 뜨고 있다 쌉싸름한 맛에 길들여지는 역설의 혀는 자꾸 두꺼워지고 어린 맛, 들뜬 단맛은 점점 나로부터 달아나고 있다 오후의 꽃밭을 유영하다 되돌아가는 일벌들의 행로는 까마득하고 밀원지는 멀다 단맛의 반경 안엔 분명 내 입안에서 뛰어놀던 노래와 철 따라 채밀되던 꽃들이 있었을 터, 쓴맛을 본 아이들은 한 뼘씩 자랐다 벌들이 모두 떠났는데도 저녁놀 속으로 풍접초가 붕붕거린다

회화나무 세탁소

이 골목의 그림자는 뾰족해요
밖에서 안으로 밀어내는 힘이 나뭇잎으로
자라니까요

보세요 바늘 하나로 몸의 흉터를 가려 주는 사람을
여기서는 미움마저 봉할 수 있다네요
오래 박봉으로 살아왔지만
그 사람 박봉이 무엇인지 모른다고 하네요
작업복 밑단에는 온전하지 않은 침묵이 묻어 있네요
햇볕을 잘라 와 찢긴 면바지에 무늬를 새기죠
그건 바지에 눈을 달아 준 것인데
아무도 모르죠

넥타이에 얼룩이 생겼어도 걱정하지 마세요
회화나무에서는 얼룩도 헹궈내는
바람이 있으니까요

오늘은 그가 여러 번 기워진 자리를 또 기워요

기운다는 일은 밤의 상처에 달과 별을 다는 것이지요
가게 문이 여닫힐 때마다 솔기 터진 인사말이
회화나무 세탁소를 여는 비밀인데요
다림질 끝날 옷에는 결을 가진 마음이 빛나죠

바람을 등진 낙타가 제 주인을 싣고 와
몸을 수선해 달라고 애원하지만
몸 대신 보푸라기 마음을 말끔하게 지워 주죠
그런데요 누더기 그림자 달고 사는 그 사람
보푸라기 꽃이 브로치가 된다고 믿고 살아요

풀씨창고 쉭쉭

멧돼지 한 마리
그 꺼칠한 털 속에는 웬만한 풀밭이나
산기슭이 들어 있다

노루발 뻐꾹채 지칭개 복수초 현호색 강아지풀
질경이 벌개미취 금낭화 산자고 쇠별꽃

멀리 가고 싶은 풀씨들은 멧돼지 등에 올라타면 된다

제 몸에 눈 녹은 묵은 봄이 가려워
멧돼지는 부르르 온몸을 털어댈 터
씨앗들은 직파 방식으로 파종될 것이다

북극의 스피츠베르겐 섬에는 국제종자 보관 창고가
있다
먼 훗날의 구호를 위해 멧돼지 한 마리
그 쉭쉭거리는 씨앗 창고를 기르고 싶다

이 산과 저 산
이쪽 풀밭과 저쪽 풀밭이라는 말
다 멧돼지의 등짝에서 떨어진 말일 것이다
그러니
너나들이로 섞이는 산
번지는 초록들은 멧돼지의 숨결
국경도 혈연도 지연도 없다

멧돼지 꼬리에서 반딧불이 날아오르고
꺼칠한 오해 속에서도
극지에서도 풀씨들은 움튼다

연기의 뭉치들

연기는 기물의 허한 구석입니다
네모를 만들거나 세모를 만들 때
절삭되는 것들의 잔재입니다

왜 그런 것 있잖아요
칼 한 자루에도 칼집이 있고 이름에도 성씨가 붙고
공구들엔 전용 박스가 있듯
반듯한 모양일수록 불순물에서 여닫혀 나옵니다

틀에서 쫓겨난 연기들이
공장 굴뚝을 울컥울컥 빠져나갑니다
완제품은 연기가 관통해야 식습니다

대형 트럭에 실려 온 나무들 속엔 연기가 뭉치로 들어 있습니다 그것을 잘 두드려 펴면 틀로 떠낼 수 있을까요 잔업 수당도 없는 야간작업이나 공장장의 웃자란 말투도 둘둘 말 수 있을까요

연기는 질기고 부드러워
한 번도 묶인 적이 없습니다
텅 비었지만 기형을 취급합니다

감정에도 두툼한 생산 일지에도 고딕체 바큇자국에
도 배어 있는 연기, 때론 허공에 배접하고 싶습니다

공장 철조망을 사뿐히 넘어
총량도 재고도 없이 어느새
공기의 겹겹에 달라붙습니다

라일락과 오월은 점점 휘어지고

계단이 한 사람을 끌어 올리고 있다

차마 벽을 두지 못해 막아선 난간,
낮은 곳으로 밥 벌러 갔던 사람을 뒤따르는
라일락과 오월은 숨이 차다

누군가를 기다리는 등나무가 점점 남쪽으로 휘어
지고
건들바람이 녹슨 대문을 비틀면
수도꼭지가 우그러진 세숫대야로 할할거린다

가끔 계단을 터벅터벅 내려가는 달과
아이가 낙서한 우주 비행선이 만나는 담벼락 너머
십자가에 걸린 어둠도 고적하다

술 취한 남자의 푸념을 듣는
철재 난간이 가늘게 흔들리기도 했지만
불 켜진 창은 어느 먼 별자리로 떠오른다

빈 주머니로 이 높은 곳까지
오르기란 얼마나 힘이 들까
그것을 알고 있는 사람들의 집에는
무거운 것들이 없다
그들의 방 안에 깃털처럼 흩어져 있는 푸른 꿈들

다만 향기에도 난간이 있어
무수한 벌과 나비가 오르내렸다

나무가 마를 때

나무가 마르면서 쩍쩍 갈라진다
건천처럼 물이 흘렀던 자국,
먼 이웃 별에도 저런 모습들이
지표면에 남아 있다
그 흔적이 한때 숲의 문명이었다고
인류는 몇 번의 탐사선을 보내 추측을 살폈다

새들이 매일 UFO처럼 날아들기 시작하면
둥지 속에는 위성 몇 개 생성되었으리라

우주의 아득한 어느 별과
수축된 나무의 현상이 같다면
목피에도 일몰과 일출의 주기가 있고
구형 궤도에 나이테가 공전했을 것이다

저 마른 나무는 무엇을 꿈꿀까
문득, 우주의 황량해진 별들을 끌어모아
제 스스로 천체가 되고 싶지는 않을까

바닥을 향해 거리를 좁혀 가다
백색왜성처럼 물이 소진된 삭정이 하나

청백색 불길로 소멸될지 모르지만
별 하나가 태어나고 자라고 우거지고
다시 황폐해지는 일이 뒷산, 쓰러진
나무 한 그루에서 벌어지고 있다

안착

철퍼덕, 주저앉은
한 무더기의 소똥
이렇게 아름다운 안착이 있을까요

소의 근력으로 초록을 모두 탕진한
소용을 다 바치고 난 뒤의 표정
제가 가진 본성과 중력이
가장 평안한 모습으로 내려앉은
착지

모든 힘이 털렁 빠져나온 저 똥에는
초식의 감정과 순경順境이 있습니다
막 도착한 순하디순한 온기에는
풀 속에 밴 이슬도 살아 있어
김이 사라질 때까지 경건해집니다

자욱한 안개가 쟁기와 보습을 끌고
어기적어기적 새벽으로 걸어 들어갑니다

산밭이 꺼벅거리며 축축한 등을 내밉니다

소는 거친 콧김을 내뿜다가
꼬리 흔들어 고요를 쫓습니다
주인은 워워 한 박자 쉬며
언덕 아래 풍경을 되새김합니다

가만히 들여다보면
연꽃 송이 같은 소똥
좌선을 다 끝내고 나면
한 움큼의 풀씨 경전이 되겠지요

퐁당, 소리를 아끼지 말아야 한다

개구리가 뛰어든 중심에 무수한 올챙이들이 태어났다 마치, 물이 부서지는 소리 같지만 연못이 배를 볼록거리며 우는 것이다

작은 돌 여러 개를 던져 넣자 수생식물들이 돌의 새싹인 양 자랐다 꽃이 피고 꽃이 깨졌다

중심을 만들어 놓으면 주변부가 꿈틀거린다

그 안엔 몰입했으나 비껴간 행운이 반짝이기도 한다 바닥의 동전 몇 개, 잊힌 동그라미를 수면에 깃들어낸다

담방, 이는 실물결이 순간의 화폐 단위다

활짝 열린 저 집요, 엉키거나 섞여도 본능이다 올챙이는 제 몸에 일정 기간 다리를 저장하다 탁한 끝을 보인다 그러므로 연못의 먹이는 퐁당, 그 소리가 모두 동나면 스스로 마른다 그제야 쩍쩍 갈라진 바닥이 보인다

그 전에 절버덕절버덕 튀어 올라야 한다

태양이 한가로이 구름을 다듬는 아침
퐁당, 소리를 아끼지 말아야 한다고
꽃들이 앞다투어 봄의 중심을 허문다

수은주

물로 된 기둥이지만 때로는 작고 좁은 마을의
실개울이나 지붕의 고드름이 된다

밤이면 길게 자라고 낮이면 다시 물 흐르는 소리가 나던 지붕의 온도계, 고드름 속엔 추위와 따뜻한 기운이 번갈아 들고 똑똑 떨어지는 햇살이 들어 있다 맑은 날이면 밤하늘 은하수가 유유히 흐르고 눈이 내리는 날엔 글썽이던 이별이 언뜻언뜻 녹아내리기도 한다

귀가 밝은 사람은 봄이 되어
살얼음 풀리는 소리를 듣기도 하겠다

작업복을 걷어 올린 아버지의 맨종아리에서 물꼬 트인 소리가 나던 수은주, 그곳엔 을씨년스러운 나무들과 바짝 몸을 웅크리고 잠을 자는 개와 꽁꽁 얼어붙은 마을의 논두렁이 들어 있다 그것은 길게 풀리며 흩어지던 굴뚝의 연기와는 다르고 산과 들을 헤집고 풀더미 쌓은, 거대한 거름 더미에서 무럭무럭 피어오르던 하얀 김

과도 다르고 당신과 나의 경계를 지우던 아지랑이와 다르고 소 잔등에 내려앉던 봄볕들과도 다르지만

잔설을 헤치고 나온
일렬횡대의 버들강아지가 눈을 틔우면,
그제야 방울방울 제 길을 간다

각주

거대한 나무일수록
그 밑에 달린 고요는 명료하다
느티나무 평상이 출처가 된다면
접힌 오전과 오후는 한여름에 인용된다
유연한 풀 위에 햇살의 지분과
초록의 이면이 간결하다

가끔 지나가는 사람들은
크고 우람한 원문의 수령을 묻는다 쓰다듬는다
수피 안쪽으로
거칠고 굵은 내력이 기재되어 있다

삼백 년이란 짐작으로만 닿을 수 있는 오늘인가
나무가 사람의 근원에서 가지를 내릴 때
양팔 벌려 난생처음 한 아름이 되어 본다

뒷면에는 벼락을 삼켜 갈라진 상처가 있다
그 결 참조 같은 옹이에 대해

쉼표일까 마침표일까 대조해 보는 동안
검은지빠귀 한 마리 푸득푸득 솟아오른다
검정 속에 검정이라니
나무는 역설까지 품고 있다

여름 내내 느티나무 아래에서
사람들은 자신만의 밑줄을 긋곤 한다
이때의 각주는 그늘보다 더 진실하다
잎사귀와 잎사귀 사이 일렁이는 햇살이
파란 맥박처럼 뛰고 있다

짧은, 숲 한 권

연필 한 자루는
짧은 책 한 권이다
한 계절쯤은 충분히 가꾸고도 남는다

이를테면 마침표로는 도토리 떨어지는 소리와 빗방울과 다람쥐가 먹고 버린 빈 껍질들을 재사용할 수 있다

겨울은 지우개로 쓰면 적당하다
이 지우개는 유독 푸른색을 잘 지운다

간혹 부러지는 연필심은 목차의 한 단락쯤 될 것이다 연필을 깎고 난 찌꺼기는 굴뚝 하나로 우직하게 겨울을 나는 집의 화목보일러 땔감으로 쓸 수도 있다

사실 연필은 기억의 길이다 나무였던 기억, 지층이었던 기억이 풀어지면서 울창한 숲에 이른다 가장 두려운 것은 톱질 소리다 나무가 연기로 짧아지면서 챙기는 글

귀들, 그 안에는 겨울잠 자는 동물의 은신처가 있고 고라니가 누웠다 간 덤불의 흔적과 장끼의 날개가 딛는 기류의 계단이 있다

숲 한 권을 다 쓰고 난 몽당연필은
동네 작은 공원이나 가로수가 되기를 자청할 것이다

지금도 내 필통 속엔 달그락거리는 숲이 자란다
연필심에 침을 묻히면 그 진한 토씨들이 흘러나온다

농막의 표준시간차

농막에는 달리는 속도와 번지는 속도가 있습니다 담장 너머로 덜컹거리는 정류장들이 스쳐 지나갑니다만, 담장 안은 매듭의 파란波瀾이 수를 늘려 갑니다 호박 넝쿨들은 아무도 모르게 수직의 결행을 모의합니다 금 간 봉오리를 따라 틈이 올라서고 있습니다 아찔하게 벽을 기어오르는 호박 줄기 끝에서 노란 숨이 터져 나옵니다 깜박깜박 애호박의 이마가 불거집니다

텃밭의 어린 양파가 질풍노도도 없이 알싸한 홑겹 실루엣을 껴입을 때, 고춧대도 늘어진 가지를 부여잡고 한 소절을 여밉니다 이쪽에서 저쪽으로 볕의 뉘앙스가 옮겨 가는 동안 땅뱀도 그늘에서 경계를 풉니다 텃밭이 소란해지는 것은 풀벌레 몫이라서 방금 태어난 울음이 떼로 자라납니다 그럴 때마다 땅속 고구마는 자꾸만 두근거립니다

돼지들은 어떤 시간을 비육했을까요 주둥이를 쫑그리는 작은 발 하나가 고랑을 모락모락 뒤적이고 있습니

다 농막에서는 정오도 식물성으로 흔들립니다 비포장 길, 자옥한 먼지 끝에서 버스 한 대가 막 피어나고 있습니다

춤추는 밥

망종입니다
초록을 앞지른 보리 싹들이 누렇게 군무를 출 때
구름은 방죽을 가르며 추임새를 넣습니다
저 즐거운 발림이 배어 있으니
맛없는 밥 없죠
몇천 평 넓이로 여문 보리쌀
푹 뜸 들이면 마당 귀퉁이 푸성귀와도 잘 섞여
윗동네 아랫동네 사이 같은 밥이 되죠
일찍 여물려고 한겨울부터 그 귀한
초록들 불러 모으며 신명을 더해 갔죠
너무 빨리 철이 든 누나 같은 보리쌀
단단히 동여맨 허리띠 하나면
어떤 식욕과 재담도 거침이 없어요
가난도 창법에 따라 잘 소화할 수 있으니까요
구불구불 좁은 밭고랑을 돌다 별안간,
방귀 몇 방에도 서사가 깃들죠
늦가을까지 견뎌야 할 기력을 북돋는
바람이 허청허청 망종을 지나가네요

이 유장한 가락을 따라가면
남도의 서편제도 만날 수 있을까요
까끄라기를 품은 씨앗종도
일렁이는 보리밭 훑으며
유월의 완창을 따라가고 있습니다

벚나무 열쇠

벚꽃이 열렸다
그러나 아직 절경이며 순찰을 도는
열쇠들은 차갑다

단번에 꽂아 열리는 나무는 없다
툭 튀어나온 햇귀와
수액을 길어 올리던 자리가 맞물릴 때
빼각, 봄을 물고 넘어가는 소리가 난다
가끔 새들이 앉았다 가는 뒤끝에는
뭉치 같은 둥지가 있고
오방을 향해 트이는 가지가 있다

나무가 문을 잠글 때도 지난한 과정은 있다
이파리 모두 떨군 바닥에
한 치의 오차도 없이 열매까지 다 내줘야
비로소 자신을 잠그기 시작한다

지금은 연둣빛 옹알이를 뒤지는 시간,

햇살이 그늘을 거침없이 파고들어
어느새 열매를 개방한다

이파리와 이파리가 차랑거리다가
벌레와 새와 바람에게 끼워지면
덜걱하고 잠금장치가 풀린다
나무는 그때마다 자신만의 구멍에
꽃들을 틀어내는 것이다

2부

모란 몇 송이를 끌어들여

극지

극지는 어디일까
과연 어떤 곳인가

히말라야나 툰드라, 북극이나 남극도 아닌 절벽에서 손과 발을 뻗어도 턱없이 모자란 곳, 제 몸을 감고 흐르던 근력이 점점 풀어져 관계 밖에서 엉키는 곳, 이곳과 저곳의 질서에 갇혀 변신을 터득하는 곳, 고온과 저온이 서로 뒤바뀌고 빛이 집중될수록 추워지는 역설이 존재하는 곳, 사람의 능력 밖에서 에델바이스가 피고 높을수록 작은 늪을 돌보며 가끔은 아름다운 곳, 집단으로 구름이 뭉쳐졌다가 이내 아뜩한 경계가 되는 곳, 언제나 이전의 정상을 지우거나 새로 목표를 만드는 곳, 목적지는 가만히 있는데 사람만 고도가 되는 곳, 그 먼 곳에 있다던 극지가 어쩌다 주변까지 몰려왔을까

극지가 하루 종일 끌고 다닌 남자,
쓰러지듯 오늘 밤은 소파에서 비박이다

노란 고무 밴드

김밥 포장 용기를 단출하게 묶어 놓은
노란 고무 밴드

자잘한 진동으로 헐렁해지고 있다
검은 비닐봉지는 뿔뿔이 불화를 흔들며
발걸음 뗄 때마다
핑그르르 한 바퀴 돈다

허기도 길게 늘여 놓으면 핑, 달려드는지
휘파람 앞세워 계단을 튕겨 오른다

넉넉함으로 따진다면
이 만만한 것과 다른, 만만한 것이 없다

은박지 틈에서 냄새가 새어 나오면
자꾸 반경을 벗어나려는 속들
둘둘 말렸던 안에서 내내 뒤척거린다

밤이면 파랗게 우거지는 야근의 수런거림과
물기 없는 뒷말들의 포자, 공중에 찍히다 만
새들의 발자국도 내게 질끈 묶였으니

노란 고무 밴드 벗겨내면서,
최대치까지 도달했다가
원래 자리로 돌아간다는 게 쉬운 일은 아니라는
생각
순간적으로 탄력을 놓아 버린 반동이
손등에 튕겨져 왔다
미간이 황달기를 놓친다

따끔거리는 손으로 김밥 한 도막 입에 넣는다
내 안에서 술렁이는 생활력도 어쩌면
시시때때로 고무 밴드에 묶여 온 것은 아니었을까
존득거리는 이 느낌을 몇 바퀴 돌려 죄여 놓기로
한다

소행성 260 LJS

저녁의 궤도에서 비로소 발견되는 것들이 있다
도시뿐만 아니라 한적한 산골 마을도
하루를 공전 중인 소행성들이다
아무리 지붕이 낮은 집도
사람이 그 궤도를 따라 돈다
문명에 뒤처지거나 앞질러 가거나
쇠락으로 나아가는 무리다
붉은 감나무를 위성으로 두고
봄이면 부푸는 모란 몇 송이를 끌어들여
꽃 운석을 떨어뜨린다
긴 타원 궤도로 금줄에 접근하기도 하고
봉분의 끝까지 멀어지기도 한다
앞집과 옆집, 쿵쾅거리는 발걸음 소리를 주고받으며
창문은 이웃을 돌고 있다
불빛들 일렁이며 어두운 저수지에 들고
바람이 불 때마다 잎사귀에 앞과 뒤가 부여된다
고유 번호처럼 알전구 몇 개로 숲을 타전하기도 한다
그러고 보면 나도 경로가 확정된 소행성

지구의 어디쯤으로 추정되는 천체이다
울고 난 다음 속눈썹에 달라붙던
별빛들의 처마 위,
울퉁불퉁한 행성의 표면 같은 얼굴로
집과 오늘과 또 몇몇 이름의 주위를
돌고 또 돈다

낮달

저 방패연 누가 띄워 놓았나
바람 좋은 풀밭이 아닌
일월 강가 하늘에 콕, 하고
박혀 있다

방패연은 수면을 치고 날아올랐으리라
새들의 날갯짓을 흉내 내며
제 몸에 이어진 얼레를
능숙히 돌리는 작은 손을 생각했으리라

툭, 하고 끊어질 듯한데
저 방패연 곤두치지 않는다
구멍 난 심장에 들인 바람만 흘려 보낸다

그저 흔들리고 있는 것인데
나는 왜 멈췄다고 느낀 것일까

어머니는 세상 사는 일은

저 방패연을 날리는 것이라고,
그렇게 인연을
감고 풀어 가는 거라고 하였는데

얼레를 돌리는 아이는 지금
태양 반대편에 서 있을까
당당히 동쪽 하늘과 맞서고 있을까?

실빛 하나로 당신과 나의 거리가
가까워진다
방패연은 가만히 있는데
층층구름이 바삐 이동한다

사슴

골목이 사슴뿔처럼 능선을 향해 뻗어 있다
지붕끼리 부딪치며 스적스적 어두워지는 밤,
보안등은 작은 인기척에도 슴벅인다
밤낮으로 계단이 자란다
계단이 모여 막다른 대문을 치받는다
벽과 벽이 닦아 놓은 골목을 지나다 보면
자칫 잠의 단락 속을 헛딛기도 한다
뿔이 벗어 놓은 샛길이 가끔 발견되기도 하지만
오늘 밤은 갈이 중이어서 모퉁이가 간지럽다
이쪽 벽과 저쪽 벽이 대화를 바꾸기도 하고
겨드랑이 속 온기를 주고받기도 한다
어쩌다 작은 쪽창이라도 열리면
민낯이 겸연쩍어 서둘러 닫히는 곳,
특징 없는 옆집과 옆집으로 나열된 끝에선
달빛조차 기묘하게 꺾인다
한껏 구부린 초승달이 가꾸러질 때
머리에 미로를 이고 다니는 산동네가
흠칫 산 아래를 내려다본다

골목은 종종 엉긴다 부러진다
뿔 갈이 할 때마다 관성과 굴레를 혼동한다
일 년에 한 번씩 가난이 더욱 무성해진다

별의 기원

밤하늘 별들은 모두
누군가 쌓아 올린 탑의 윗돌이다

사람의 돌밭에서는
사람 위에 더 큰 사람이 있고
힘센 사람 위 더 막강한 사람이 딛고 있다지만,
저 돌탑은 돌멩이 하나하나
가벼워지며 올라간다
바람이 험악해도 쉽게 무너지지 않는다

앞사람보다 조금 더 작은 돌을 놓는 건
네가 있어 내가 있다는 암묵적 연대다

좀처럼 마주친 적 없지만
당신과 내가 쌓아 올린 돌탑 밑
작고 모난 돌들이 고임돌로 괴어 있는 걸 안다

아슬아슬한 것들이 모여서

가장 높은 곳이 된다

나비가 내려앉아 기원을 완성하는 곳

밤하늘 별들 위엔
너무 멀어서
부피도 무게도 잴 수 없는 은하가 있다
그 끝이 떨어질 땐 아무도 모르게
제 고요가 파문을 그리며
지상에 닿는다

물집

물이 빠져나가자 바위가 알몸을 드러낸다
여러 갈래의 골목
흡착과 집착이 지나간 자리마다
물비린내를 갉아 먹고 사는 패각류들
다닥다닥 달라붙어서
호구수 많은 마을 하나 이루고 있다
한 천년은 거주했을 것만 같다
밀착, 또 밀착
일용할 양식의 넓이는 겨우 오 센티
구역을 나누지 않고도 다툼을 모르는 방식이다
빈부 격차마저 없다
물때가 오손도손 포자를 키운다
하루에 두 번 다른 삶을 살게 한다
성장통이나 위기도 있다
새들이 쪼아 먹을 때나 태풍이 휩쓸고 지나갈 때면
온몸으로 변주했던 날들이 물거품이 되고 만다
언젠가는 몸이 집이 되어 게들의 한때가 되었다가
나중엔 아주 나중엔 흰모래가 될 것이다

달라붙어도 좋고

떨어져 있어도 좋을

밟으면 이내 바서질 소인국의 낮은 집들

더부살이 소용돌이 한 줌 등지고

저마다의 생生에 간을 맞춘다

가만히 귀 기울여 보면 들리지 않는 먼 곳에서

이내 물소리가 흘러들 것만 같다

미끄러운 잠

한겨울 논물 대던 수로를 파면
두부추어숙회처럼
미꾸라지들이 뻘 속에 박혀 있었다

끊임없이 꿈틀거려야
앞으로 나아갈 수 있는 미꾸라지
이쪽저쪽, 왼쪽과 오른쪽이 없으니
경계를 헤집으며 산다
좌우로 넘나드는 것은
생사를 위한 변주일까 파생일까
변변한 지느러미가 없으니
몸이 휠 때마다 길도 구부러질 수밖에 없다

틈새를 짓고 틈새를 허무는 일은
본능만으로 충분하다
말랑말랑한 쪽으로 기울어지는 안식
제 상처 아물기 전
물살보다 먼저 옆구리를 내주는 진흙

체온을 품자마자
굳어지는 일을 잠시 멈춘다

서서히 파고들 한파를 감지하고
어둠 깊숙이 숨어든 미꾸라지들
미끄러운 잠은 자꾸 손아귀에서 빠져나간다

얼어붙은 흙냄새가 전부인 잠

아직 땅의 심장에는
꽁꽁 언 언어들이 미꾸라지로 박혀 있다

앵무새

전 생애를 거쳐
몇 마디 사람의 말을 배웠다
감정 없는 말의 단면
누군가는 복제된 태도라고 했다
우리의 지루한 말, 자주 쓰는
말들이 앵무새가 되었다고
또는 너무 쉬운 말들이 새가 되었다고

아주 간편한 말들, 원래는
망설이던 혼잣말이었을 거다
입 속에서만 맴도는 남에게 들키기 싫은 말
포르르 날아오르는
그런 말들을 새장 속에 가두어 놓고
가장 듣기 좋은 말로
자신을 조련시켰을 거다

사랑해, 사랑해
안녕, 안녕

만날 때나 이별할 때나
반복되는 똑같은 말
누가 누구에게 했을지도 모르는 말
쉽게 날아가는 말이어서
날개가 퇴화되었으면 하는
그런 말들

몇 마디 말로도 나뭇가지를 잡을 수 있는
집요한 말들로 자신을 버티고 있는
당신과 나의 입

썰물의 서書

잠시 물 빠진 갯벌엔
하늘을 올려다보는
불립문자들이 빽빽하게 서술되어 있다
다족류들과 배밀이로 쓴 체험론들이
각자 다른 형태의 언어들로
무른 펄에 인쇄되었다
저 서술의 필자들은 달을 섬긴다
그 달이 당겼다 놓았다 하는 물때의 간격을
갱지 삼아 군을 새도 없이
밀물에 지워지고 마는, 출간과 폐간을 반복한다
옆으로 걷는 일생을 경시하지 않고
뼈 없이 사는 연체의 삶을 낙담하지 않는다
마치 불시에 섰다 파장하는
새벽 간이시장 같은 저 갯벌은
만만히 볼 곳 아니다
푹푹 발 빠지는 일의 푸념은
저곳에선 농게의 민첩한 비평만 얻을 뿐이다
다만 허리 굽은 아낙들만이 천품으로

저 삐뚤빼뚤한 필체를 읽을 수 있다
다 물의 들고 나는 사이에서 살고 있는 것을
알기나 아느냐고 다시 밀물 들면
아무렇지도 않게 지워지는 행적들
천 년도 넘은 서해 갯벌에 가면
문맹의 어머니가 짠내 밴 갈고리로
요점의 낱장을 넘긴다
자음과 모음이 걸려 나온다

도시 빙하기

그 많던 유빙들은 어디로 흘러갔을까
사실 빙하는 사라진 것이 아니라
잘게 쪼개져 집 안으로 밀려왔을 뿐이다

집집마다 빙하기가 유행이다
열대야 속에 꽁꽁 언 입김을 풀어 놓고
극한의 꿈을 견디는 사람들
자신이 빙하 속에 갇힌 줄을 모른다
견고한 초고층 사각틀 안에서
완벽한 가족이 완벽한 타인이 되어
출퇴근하고 공부하고 요리를 즐기면서
살짝 뒤틀리는 밤,
거실과 베란다 너머까지 깨어 있는 어둠이 짙다
떠다니는 누군가의
몇 마디 말들이 얼음장 같다
크레바스에 아무도 빠지지 않는다
별들도 급속도로 녹았다가 얼어붙는다
머리말에서 뒤척이는 목록은

아직 구조되지 못한다

거리엔 떠밀려 온 실외기들,
창문 몇 장이
부표처럼 떠 있는 골목을 지나
집으로 간다

창세기

한 사람이 다급하게
한 사람의 입에 숨을 불어넣고 있었다
잠시 사람을 비운 사람에게
자신의 바닥 숨까지 불어넣어 주고 있었다

오 분간 모든 것이 정지되었다

바닥에 누워 있는 사람은 첫울음으로
맨 처음의 숨통 흐느끼듯 받아들였을 것이다
그러고는 단 한 번도 숨을 잊지 않았을 것이다
고요할 때도 끓어넘칠 때도
들숨 날숨의 간섭이 있었을 것이다

숨이 없었던 사람, 그사이 어느 먼 곳을 다녀왔을까

그는 자신을 비우고 그때
해 질 녘 대문 앞에 웅크리고 앉아
엄마를 기다리던 다섯 살을 만났거나

손발이 묶인 채 눈만 끔벅이는
중환자실 머리맡에서 간절한 기도를 했거나
다음 생의 어느 성별을 기웃거렸을지도 모른다

사람을 비워 놓고 갔던 사람이
무슨 일이 있었냐는 듯
아무렇지 않게 사람으로 돌아왔다
그는 혹시 다른 세상에 도착한 것은 아닐까
한동안 주위를 두리번거렸다
숨을 잃어버린 사람도
불어넣어 준 사람도,
서로 잃어버렸다가 찾은 박동으로
숨을 고르고 있었다

하늘은 파랗게 맑았고
오 주여!
누군가 중얼거리며 지나갔다

무른 곳이 많다

봉지 속 복숭아들이 맞닿았던 곳마다 물러 있다
그것은 가장 가까웠다는 친밀의 점도
이를테면 가족이나 친족의
복숭아식 연대인 것이다

다른 곳보다 물렁해진 그곳은
가감 없이 애정을 들여놓았던 곳으로
약간 데설데설해진, 수수의 표시다

때론 까슬까슬한 풍으로 돋았던 투정에서
시고 단 호칭들, 농익어 갈 때마다
허벅지 살이 텄던 언니의 사랑법이나
점선이 농밀한 엄마의 아랫배,
아버지의 그을린 어깨라고 생각했다

드러날수록 수심이 묻어나는 껍질에서
유독 갈변된 곳들,
제 몸 한곳쯤 뚝 떼어내어

형상 하나 빚은,

담홍색 혈육이어서

한물 세상에서 흐무러져도 보는 것이다

레미콘

한시도 쉬지 않고 레미콘이 돌아간다
해류가 순환하고
고기압과 저기압이 번갈아 드나들어
산맥과 툰드라와 사하라가 완성된다
내 을씨년스런 철골에도
살과 살이 뒤섞여 붙어 간다

내 안의 바닥과 벽, 천정
한 칸 한 칸의 경계들이 끝없이 회전한다
사계절을 감응하며 개어져 간다

그늘이 햇살과 마저 비벼지면
꽃과 나무의 점성에 맞춰진다
그러다 마침내 한꺼번에 토해낸다
액체인 듯 고체인 듯
한통속이 되어 꽃차례를 채워 간다
어떤 틀이든 들이부으면 색이 드러난다

한 사람이 죽음과 기어이 혼합되듯
레미콘이 빙글빙글 원을 그린다
그 중심으로 구름과 바람이 운반된다
한밤중 바닥 쪽으로 쏠린 기울기에서
반딧불과 달맞이꽃이 마지막으로 타설된다

지구에서 양생을 마쳐 가는 내 몸이야말로
거푸집이라는 걸,
몇 개의 슬픔을 뜯어내고 알았다

3부

안부를 묻는 방향이 바뀔 때마다

내 힘은 내 편이 아니다

원한이 없어도 칼자루는 필요하다 칼이 나를 잡은 형국이고 날이 자루를 쥐고 있으니 휘둘러야만 한다 생선을 자를 때와 파를 자를 때 칼에 힘주는 것이 다르다 스치듯 써는 것과 단 한 번의 단호함으로 더욱 반득이는 칼, 베이거나 미끄러지거나 혹은 당신을 원망할 때도 내 힘 안에서 벌어진 일들이었다 순식간에 잘려 나간 토막들은 영문을 모르겠지만 가끔은 내 의도가 무뎌져 움찔할 때가 있다 내 몸 안에서 품고픈 생각이 간절해질 때 나도 잘 알지 못하는 결핍이 숫돌에 갈린다는 걸 안다 실눈을 뜨고 살피면 예리한 것들은 모두 한 평행에 갇혀 있다 얼핏 한 몸인 듯 붙어 있지만, 자루는 사람의 편이고 칼날은 단절의 편이다 자칫 각도를 잃은 칼날이 자신을 향할 때, 당신은 힘인가 방향인가 때론 공중의 점막에 칼날을 갈아도 이가 빠지고 도마는 수평을 버리기도 한다

풀벌레 채집통

가는귀먹은 시월,
엄마의 귓속에는 풀벌레 채집통이 있다

왼쪽과 오른쪽 귀가 가둬 놓은 소리
이명은 자꾸 이명의 말을 하고
고요는 하나둘 깨어나 와글거려서,
엄마는 내 말은 아예 귀 밖에 내놓고 있는지
이젠 풀 냄새 나는 말들만 끌어당긴다

그러니까 말없이 어떤 궁리만으로도
살 수 있는 나이가 되었다고
가을 들판처럼 때때로 골똘해진다

그런데 참 이상하게도 꿈속의 말은 또렷하다
잠꼬대와 헛소리가 번갈아 찾아올 때면
벌레들마저 자리를 비켜 준다

그 옛날, 내가 수풀을 헤집고

풀씨를 받으러 갔던 곳이 엄마의 귓속이었을까
풀벌레들이 점점 귓속에 우거진다
곤충도감을 들여다볼 때면
물결부전나비 한 마리 관자놀이로 날아든다

갈수록 내 입술엔 풀벌레가 붙어 울고
곧 엄마의 귓속엔 펄펄
첫눈이 내릴지도 모르겠다

불씨를 얻다

불이 들어갔다 나온 나무로 도장을 새겼다
나무는 두 쪽으로 갈라지며 쓰러진
마른하늘을 품고 있었다
그을린 이름을 한 획 한 획 새길 때마다
내 본적本籍에도 차츰 빛이 돌았다

한때 뜨거웠던 이름
전구처럼 늘 불이 켜져 있었지만
한 번쯤은 갈아 주고 싶었던 이름
맹지에도 몇 번 찍었던 이름
길이 없어 돌아 나오지 못한 이름
그 후론 점점 어둑해지던 이름
밝은 나무에 새겼다

그래, 이름은 나무에 맡겨 두고
필요할 때마다 꺼내 쓰는 것이 좋지
아니, 나무가 허락해 줄 때
그 허락을 받고 쓰는 것이 낫지

어쩌면 나무는 한 사람을 증빙하기 위해
벼락을 봉인했는지 모른다
조용히 이름을 기다리며
어둡게 내려앉아 있었는지 모른다

꼭 쥐면 살짝 떨리면서 공고해지는 이름
종이에 맞닿는 순간 푸른 습성의
한 줄기 불이 들렀다 갔다
이내 꺼졌지만, 불씨를 얻은
돋을새김 이름 석 자
되돌릴 수 없는 날들 붉게 흘러나온다

중심의 발견

어제 만난 직립이
오늘도 그곳에 있다면
중심의 확고한 주관입니다

사람은 이미 무수한 중심을 수집하고
터득하고 수소문한 끝에
다량의 목록을 갖추고 있습니다
몇 번 넘어질 뻔한 일에도 일련번호가 붙어
습관이 중심을 가눌 수 있습니다

어느 곳이든 집을 짓는 일이란
중심에다 창문을 내고 신발장 들이고
굴뚝을 세우는 일입니다
거기서 연기가 피어올랐다면
사소한 중심이 생겼다 사라지는 것입니다

방금 떨어진 빗방울이 파문을 실행하고
중심을 버리고 멀어지는 일처럼 말입니다

세상의 꽃들도 향기의 둘레로부터
중심을 갖습니다 그 최소한의 거리로
중심을 잃지 않습니다
물은 흐르는 중심, 연기는 흩어지는 중심,
돌은 무게의 중심입니다
그중에 단 한 번도 움직이지 못한 돌이 있다면
중심의 퇴화일 것입니다

중심엔 깎이고 덧대어지는 하루가 있습니다
학교로 일터로 부리나케 나섰던 가족이
집을 중심으로 돌듯
식탁은 우직하게 제자리를 지킵니다

무엇인가 흔들린다면 그건
중심을 모으는 중일 것입니다

종이를 차지하려고

자매는 찢어지는 것을 두고 자주 다퉜다
한 권의 다락방을 읽으면
흐린 날씨로 독후감을 품었다
종이는 구겨지는 일보다
접힌 감정으로 서먹해지곤 했다

그녀들은 오월이나 혹은
목차 없는 유월의 공기를
동그랗게 쥐고 구기곤 했다
훔쳐 입은 요일로 일주일 내내 숨어 다녔다

한 장의 종이가 자매를 절취해 갔던 계절

누군가 빳빳한 종이에
납작한 돌로 물수제비를 떴다
눈물방울이 튈 때마다 파문은 여백을 키웠고
형광펜이 지나간 기슭엔
꼬리 잘린 의문 부호들이 질퍽했다

관성을 바를수록 서로의 표정은 두꺼워졌고
초여름의 쇄골이 도드라졌다
굳게 잠긴 일기장은
종종 열쇠를 잃어버렸다

접고 또 접은 쌍생아의 방식에는
아무도 가 보지 않는 길처럼 접선이 늘어졌다
흙먼지가 일었지만 찢어진 구름들 사이로
소나기가 일기를 지우기도 했다

앓아야 압니다

하염없는 여자가
파란 알약처럼 새벽을 삼켜요
그리고 제 안에서
골목의 긴 캡슐을 터트립니다

그리움의 지침에는 식전과 식후가 표기됩니다 날씨를 살피거나 호칭 하나 챙기는 일도 그와 같을 것입니다

구름은 온갖 증세와 증상을 조율합니다 암흑에서 웃자라는 콩나물처럼 여자는 눈물의 유통 기한에 관대합니다 어제의 이력에 돌연변이처럼 멍하니 쪼그려 앉을 때, 슬픔이 일으킨 알레르기는 개화에 나서고요 몇 병의 수액이 전신을 돌아 정수리를 다독입니다 눈 떠 보면 들여다보는 얼굴은 젖어 있어, 이생生도 꽃 진 흔적처럼 아득해집니다

증상들이 처방전 봉지 속으로 모여들듯
통증이 잠잠해지는 시간

팽팽하게 또는 느슨하게 저녁놀이 지속되고 있습니다

일렁이는 것들

불은 일렁이지만
불빛은 일렁이지 않는다
어둠은 어느 곳이나 꼭 맞는 위치가 있다
일렁이는 것들을 잘 살펴보면
그 속엔
수신호가 되는 바람이 있다
저녁 불빛이 내 눈 속에서 일렁였다면
그건 기대고 있었기 때문이다
물이 겹겹의 비늘을 세우는 때
그것 또한 바람이 한 겹 물의 표면을
괜찮다, 괜찮다 걷어 가는 것이다
그러므로 멀리 있는 빛이 일렁였다면
울었던 저녁과 물의 박피술을 의심해 봐야 한다
그러나 기껏 묶여 있는 것들
불빛은 불에 묶이고
바람은 먼지의 층에 묶인다
저녁놀은 언제나 수평선에 묶여 있고
당신의 궤적은 상투적인 비행에 묶인다

어떤 무음에도 음악은 깃들어 있어서
일렁이는 것들은 악기의 발성이 된다
어스름에 일렁이며 저 반짝이는 것들
한숨 끝
허드레 슬픔을 턴다
그러니 앉았던 곳들을
툭툭 털면 되는 것이다

손가락

열 손가락, 그 중엔 어색하고 불편한 손가락이 몇 개 있다
먼 광년 밖에 있는 별을 클릭할 수 있지만
정작 내 속은 실행되지 못할 때가 많다

엄지와 검지는 너무도 익숙해서 사소한 일에 쓴다
벌레를 잡거나 귤껍질을 벗기거나 새치를 뽑고
책장을 넘기고 치약을 짜고 열쇠를 돌리다 보면
참 많은 것들을 주변으로 쓰고 있다는 생각이 든다
반면 서툰 일들엔 거북한 손가락을 쓴다
용처가 없는 일들이 자주 일어난다면
용도가 분명치 않은 손가락을 살펴볼 일이다
거기엔 손꼽아 기다리던 소식이
무심한 날짜들을 갉아먹고 있을 것이다

수를 헤아리다 보면
꼭 계산을 흘리는 손가락이 나온다
무엇을 해도 익숙하지 않은 손가락엔

아차, 잊고 지나간 날짜들이 있다
새끼손가락을 걸었던 기념일이나 면접 시험일
아파트 계약 날짜를 잊기도 한다
열 가지 색깔의 크레파스 속, 좀처럼 쓰지 않는 색상들
검지에 딸려 움찔거리는 손가락 같다

나를 가리키는 데 쓰는 손가락이
남을 가리키는 손가락과 나란할 때
입술에 손가락 넣고 휙 휘파람 불듯 호명되는 날도 있다
멋쩍은 요일이 엄지를 세워 보였다면
안 쓰던 크레파스 색깔 하나가
금을 들이긋는 날이다

기나긴 독서

사람은 몇 권의 책으로 연결된 장서다
그중 마음은 평설집으로 난해해서 잘 파악하기 어렵지만
표정은 대체로 짤막한 산문집 같다

마치 자신의 일기를 읽듯
나를 바라보는 엄마
그런 구절을 살피는 내 번번한 오독은
회한의 비유들이 많다

맨 처음 배운 말이 엄마에 동화되듯
날마다 제목과 내용이 달라지는 책
헛기침과 서둘러 닫히는 페이지도
새김이 붙어 주어야 한다

몇 개 언어쯤이야 눈치로 읽어내지만
종종 점자처럼 난감한 책들도 있고
누군가 빌려 간 듯 비어 있는 자리도 있다

그럴 땐 주저 없이 나를 밀어 넣는다

속내가 깊은 문장을 묵독하는 것처럼
엄마는 슬픔의 양식이고 인격을 수습하는 방편일까

누구나 필독서는 한두 권쯤 있으니
묵은 종이 냄새가 코를 찌른다면
스스로 섭렵되고 있다는 증거,
엄마가 읽혀 온다

안전 마개

쏟아 내리는
즐거운 마개들
쏟고 싶은, 빠져나오려는 병목들

그렇게 많이 토해내고도
여전히 역류를 꿈꾸는
마개는 어떤 망설임을 거느리는 걸까
함부로 가 닿고 싶은
이미 닿은 적 있는

헛돌기만 하는 안쪽들

잘 쏟는 엄마와 이미 쏟아진 아빠와
회오리를 품은 내가
같은 마개에 연결되어 있다면
손잡이는 누구의 입장일까

누군가 딱 한 번 만에

열 때를 기다리는
타이밍 같은 직전들
삐걱거릴 때마다
통증은 날아올라 헐떡거린다

마른 나뭇가지에 걸린
방치와 방관을 품은
저 거미줄, 혹은 마개

나르시시즘

왜곡거울 앞에 서면
난 지구에서 가장 기이한 외모
가령 머리 쪽에 있는 중력이
엉덩이를 거쳐 종아리 쪽에 있다는 사실
천근만근의 무게들이
몸을 옮겨 다니고 있다는 거지
이마가 주저앉았거나 목 없는 얼굴이거나
개미허리로 불쑥불쑥 다시 태어나다가
한 발만 움직여도 폭발하는 거지
내 몸속 크고 작은 볼륨들이
어디로 튈지 모르는 돌연변이 착시

결핍은 시시때때로 틈새를 노리곤 하니까
변장이나 위장 따위는 지겨우니까
부풀어 오르거나 함부로 찌그러지는 일은
생각까지 왜곡거울 앞에 놓아두는 거야
그러니 소설 속 꼽추는
왜곡거울 속을 다녀왔거나

아직도 그 거울을 달고 다닌다는 거지
구겨졌거나 깨진 생각 안의 생각
그래서 문득 궁금해졌어
나를 벗어난 후에도
따돌림 없는 세계에서 잘 살고 있을까

비를 틀어 놓고

비를 틀어 놓으면
몇 개의 주파수가 생긴다

오래전에 죽은 애인이 다이얼을 돌려 내게 맞춰 왔다
잡음이 들어가고 소리가 찌그러졌으나 이내 빗줄기 사
이로 전파가 흩어졌다

남극이나 북극 같은 곳에서
라디오를 틀면 어떤 소리가 들릴까
신호는 바로 얼어 버리고
빙하 속엔 셀 수도 없는 헤르츠가
갇혀 있을 것인데

어느 나라에선 빗소리 틈에서
씨앗들이 발아하고
수생 식물들이 자란다고 한다

비를 틀어 놓으면 반나절쯤은 꿈과 생시가 서로 뒤바

뀌기도 한다 섭씨들이 연결을 시도하면 태어나는 중이
거나 목숨이 할당되는 중이라고, 또 한바탕 비 내리는
소리를 서둘러 잠그는 것이다

단절된 사람을 기억하는 것과 기념하는 일은
한 사람을 구축하는 데 드는 광역대에
접속하는 것이라는데

이중창을 오래 들여다보면 마주 보던 입김으로 급히
써 내려간 모호한 흘림체가 남아 있다 잠재된 예각이 둔
각으로 열릴 때까지 지저귀던 입술들

안부를 묻는 방향이 바뀔 때마다
빗소리가 새 주파수를 튼다
그런 날씨면 나는 무방비로 노출된다

머리를 맞대고

우리는 머리를 맞대고
서로가 가진 물음표를 나눈다
또 서로가 보유한 느낌표를 세어 본다
물음표는 늘 느낌표보다 많다

물음표를 오래 두면 그곳에선 느낌표가 돋아 나오거나
아니면 바짝 마른 열매처럼 쪼그라든 물음표가 된다
그런 의문은 몇 년을 묵혀 두어도
그늘같이 썩지 않는다

내가 아는 사람 중엔
십일 층짜리 건물을 짓는 사람이 있다
그가 말하길, 높이와 층층엔
백 개도 넘는 물음표들이 촘촘히 박힌다고 한다
갈수록 거푸집은 얇아지고
방음벽은 견고해지며
질문보다는 대답이 항상 값이 비싸다고 한다

머리를 맞대고 의논하는 존재는 인간뿐,
염소나 사슴은 머리를 맞대는 순간 각축이다

물음표를 편 길이와
느낌표를 구부린 길이는 같다
이 두 가지의 부호 중에
어느 것이 더 보관하기에 좋을까
의견이 분분하지만 우리는 각자의 금고나 통장에
단 하나의 느낌표와
셀 수 없는 물음표를 섞어 잠가 놓는다

그것은 누군가가 아니라
내가 나를 잠가 놓는 방식이다

4부

그늘 몰래

무릎의 계류

구름도 무릎의 종족이다

심장으로부터 갈라져 나온 바람을 갖고 있다 지구의 살붙이인 지형을 결코 등지지 않는다 비와 눈은 구름의 혈족, 도처에 사는 혈통이다 그러니 구름은 최초의 원시 부족이고 모든 빨래와 옥답의 비옥한 감정이다

가장 무거운 구름은 가장 가벼운 구름을 보살피다가 제 무릎을 꿇는다 비가 오면 쑤셔 온다 구름은 신경을 보전하려는 본능을 가지고 있다 부지런한 구름과 비는 찔레꽃 골짜기를 먼저 들르기도 한다 수천의 번개 줄기가 심호흡 사이사이에 뿌리를 내린다 그 속에는 요란한 함석지붕과 개구리 울음주머니와 갑자기 불어난 개울이 있다 하늘에도 게르가 다녀간 사막이 있다는 신화를 빗줄기에게 들은 적 있다 세상에서 가장 무거운 것이 공중이지만 때때로 관절은 그 무게를 모른다

구름이 흘러가는 일, 흐름이라는 말을 오래 숭배하다 보면 같은 계보의 신경통에 이르게 된다

팬데믹

말에도, 새로운 유형이 있다는
질병관리청의 브리핑이 있었다
되도록 멀리 있는 말을 쓰되
가까운 귀를 이용하라는 매뉴얼이 정해졌다

그동안 귀는 말의 모양을 감별하여 다양한 종류의 감정으로 분류했다
잠복기나 취약한 질병도 없었다 온갖 병든 말을 듣고도 늘 쫑긋했다

말은 곧 문이면서 무단 통로였다

다정했던 말들은 치명적이었다 아껴 둔 말들도 돌변하곤 했다
앞으로 튀어나가는 습성의 말이나 조곤조곤 속닥거리는 말들도
원인을 알 수 없는 무기가 됐다

말은 이제 문밖의 객지
풀벌레 소리나 어떠한 소음보다도 하급으로 취급된다

도처의 불신을 불안으로 접선하고
모스 부호로 하루를 해독하듯
눈만 깜박이는 증후군이 도래하고 있다

물드는 일

물푸레, 발음만 하면
아버지가 입안에 고인다
출렁출렁 내 옆을 지나가는
몸속에 물이 가득한 한 그루
물통 소리가 들린다

몸 안으로 물이 드는 건 어려운 일,
그것보다 더 어려운 일은 젖어 사는 것이다
물통 밖으로 뛰어나와
당신의 어깨를 적시던 찬물
그 냉기가 중심 밖으로 쏟아진다

호수 바닥처럼 쩍쩍 갈라진 나무에게
말년을 여쭈어보니
물드는 일로 스산하다고 한다

지격거리는 링거병 매달고 휠체어를 밀어 온 저물녘
요양병원 307호 아버지의 침상도

앙상한 정강이뼈에 괴어 있다

스스로 그늘을 접어 놓고 보면
나무들도 고립 박차고
구름을 헤집고 싶었을 거다
한로의 햇볕 따라 돌아누울 때마다
흩어지는 이파리들

떨켜 같은 무릎에 손대 보면
한순간 기울어 간 여력이 만져진다

평생 물지게를 졌던 아버지
섬진강변 가묘마저 단풍을 걸머지고 있을 터,
자꾸 어디선가 물푸레물푸레 이명이 들린다
그 결마다 지게 내려놓고 잠시 쉬던
바람이 돌아 나간다
아버지 검지가 까딱, 파장 하나 늘인다

분별력

외양간을 잃고
화드득 소를 고친다

소는 이미 소를 벗어 제 뿔에 걸어 놓고
적갈색 노을을 찧고 있다
둘로 갈라진 발굽은 노안이고
가늘고 긴 꼬리는 지팡이로나 쓰고 있다고
간간이 벌레 울음이 섞인 풀밭을 되새김질이다

샛강을 건너 장마가 추적추적 오고 있을 때
외양간은 늙고 소는 고칠 데가
한두 군데가 아니어서
장마가 소를 고치는 것을 물끄러미 본다

먹구름은 살이 쪄서 동구 밖을 들이받기 일쑤,
나는 장마 옆에 붙어 앉아
연장 심부름이나 하다가 풍문에 걸터앉는다
아랫동네까지 퍼진 소식,

제법 외양간 꼴을 갖췄다고 한다

사상 유래 없이 긴 장맛비로
소는 소를 벗고 지붕이 되려 했고
지붕은 난데없이 바닥을 체험했다

비와 소와 그 많은 잡초의 종류처럼
분간을 놓친 소가 쌍둥이 새끼를 낳았으니
외양간은 제 새끼 이마를 핥으며
분별력을 배우는 중인 것이다

헛제삿밥

향교 근처에 다시 이승을 펼칩니다
도라지, 시금치, 고사리
나물 몇 가지 차려 놓습니다
곤줄박이가 먼저 내려와 축문을 읽습니다

막 빚은 추성주로 가을빛을 이야기할 때

지평의 나라 어디에서
다시 아버지가 걸어 나오는지
달력 없이도 책력을 익힌 아버지였으니,
오늘은 두루마기도 걸치지 않은
바람으로 오시네요

죽음에도 무늬가 있다면
담장을 넘나드는 저 가을 나비가 아닐까요

나비 날개에 묻혀서 오는 분가루는
아버지가 우리에게 보내는 안부

풍장 앞에서 시간도 주름이 되고
물방울이 되고
다시 씨앗으로 되돌아가는
영원이라는 글귀가 눈에 들어오네요

이 가을에 헛제삿밥을
우리들의 기쁨이라고 부른다면
아버지는 당신과의 거리를
황혼이라고 부르겠지요

엄마의 끝

키질하는 엄마
먼지 쌓인 낟알들을 붕 띄워 놓고
그 틈에 가벼운 잡티를 날려 버린다

엄마는 그렇게 끝을 잘 다룬다
고양이 꼬리같이 의뭉스러운 아버지의
말끝에 붙어 있는 검불을 눈치채기도 하고
동전 몇 닢 비는 합산의 끝에서
나를 불러 세우기도 한다

키를 위아래로 흔들어
이리 뒤치며 저리 까부르는 동안
거슬러 받지 못한 사랑도 있었을까
자칫 알곡까지 훔치는 바람이라도 불라치면
눈썹 끝에 눈물이 묻기도 한다

평생, 엄마의 박한 이문은
이러저러한 끝에서 겨우 챙긴

낙차의 것들이었다
거기서 건져낸 종자는 소박하게 여물어
또 그해 가을의 키질로 이어지곤 했다

문득 내가 잡티들처럼 가벼워져
고된 낙차에서 떠 있다고 느낄 때
엄마가 숨겨 놓은 끝의 종량,
저르륵저르륵
겹겹의 키질 소리가 들리는 것이었다

무아의 나무들

새끼줄에 친친 감긴 채
트럭에 실려 가는 푸른 새들
교차로에서 우회전할 때
어쩌다 한 마리가 로프에서 빠져나왔지만
푸드덕거리다 말 뿐
이내 날개를 접고 만다

한 뼘, 그 한 뼘을 콕콕 쪼며
네모에 갇혀 옴직거리는 어린 새들
바람에 모이를 내어 주고
공중을 간신히 얻었다
자신의 반경이 한 길이나 떠 있는 줄도 잊고

트럭이 싸락눈 내리는 입춘을 지나간다
덜컹거릴 때마다 새들의 부리는 뭉툭해지고
전깃줄 올려다보며 우듬지를 헤아린다
몇 번이고 하늘로 치솟고 싶지만
벗어나지 못하는 건 퇴화일까

그 한 뼘의 최선을 위해
신호등이 바뀌고 뒤차가 경적을 울린다
나무는 무아가 된지도 모르고
무릎을 편다

불룩한 등

불룩한 배 속에서 꺼내졌으므로
짧게나마 등에 업힐 때도 있었다
학생들은 또 불룩한 책가방을 메고
등이 무거운 학습을 했다
그래서일까, 자꾸만 학습을 벗으려 한다

열 달 동안 나는 불룩한 배로 무엇을 했나
발밑을 골라 딛고 꼭지를 살피고 방향을 다듬고
그러는 동안 배는 점점 부풀어 오르고

그렇게 자라나 정성스럽게 책을 짊어지고
근 십여 년을 넘게 등을 배우는 아이들
등은 문맹에서 벗어나 작은 도서관을 자처한다

구부정해질 때까지 헐어 쓰는 등의 학식

불룩한 등에는
필기구와 공식과 무수한 책꽂이 들어 있다

업힌 등에선 연필 쓸리는 소리
활자들 꿈틀거리는 소리가 들리는 듯하다

지금도 책의 겉장을 보면 불룩했던 등이 지나간다
실질로 따라다녔던 잉여의 무게
귀퉁이만 배우다 만 과정들
나는 언제쯤 교과의 시절을 벗어날 수 있을까

가족의 안위를 목침처럼 베고 잠들었던
아버지의 등도 결국은 늙는 과목이었다
앉고 서고 걷다가 난감할 때면 불현듯
그 굽은 아버지의 등이
징검돌로 떠오른다

웅크린 집

웅크린 개가 우그러진 잠을 자고
바위 하나에 가득 달라붙은 따개비들이
파도를 흘린다
뱀의 똬리와 뭉쳐진 까치집
산란을 앞둔 개구리 알들
고슴도치나 쥐며느리, 바다거북도
모두 웅크리며 자신을 품는다
비 온 뒤끝에 웅크린 물웅덩이는 어떤가
오직 움츠러들 자세로
최후의 보루를 마련한다
그러니 모른 척하거나
함부로 걷어차거나
힘없는 수단들을 허물지 말아야 하나
뒤집혀도 안쪽을 넘보지 말아야 하나
단단해질 때까지 후일을 겹겹 두른 더미들
길 위에 잔뜩 웅크린 집이나
인큐베이터 안 중력을 견디는
미숙아의 눈도 반짝, 빛을

낼 때가 있다

퇴로가 차단된 숲

광채 나도록 닦인 오후
갈참나무 숲 비탈길에 군화 한 짝 낙오되어 있다

뒷굽 빠져 벌어진 밑창이 썩은 낙엽 문 채
해진 끈을 매복처럼 둘러멨다
한때 털럭털럭 걸어왔던 길들이
고스란히 앞코에 문신으로 새겨졌다

바스러진 대열은 개미 떼에게 내어 준 지 오래,
눈길 한번 안 줬던 강아지풀이
깔끄럽게 비벼 온다

바람이 나무들을 이끌고 고지로 올라설 때
발 냄새와 물집을 감싸 안고
저벅저벅 내디뎠던 시절은 다시 오지 않는다고
군화는 장엄하게 뒤꿈치부터 삭아 간다

이제는 분홍도 연두도 실어 보내고

숲의 은신처에서 마지막 경계에
몰두해야 할 시간

나무들이 이파리 떨궈 위장을 해 준다
찔레꽃이 붉은 암구호를 외고
노을이 새들의 교신에 순순히 타전된다
뒤늦게 도착한 산사의 풍경 소리가
느린 행군으로 저녁에 합류한다

그늘 몰래

지금쯤 오후엔 뒤란의 그늘이
빈집을 떠받치고 있을 거다
마당은 한 번도 그늘을 발끝까지 덮지 않았다
긴 빨랫줄에 눅눅한 이불을 널어놓으면
잠결인 듯 걷어차기 일쑤였다
엄마는 옛집으로 데려가 달라고
자주 말하지만
우리는 그늘 몰래 집을 허물려 한다
흐린 날이 좋을까 아니면
깜깜한 밤이 좋을까
모두들 각자의 의견을 내놓았지만
나는 오후의 그늘이 늙은 감나무에 들렀다 오는
그때가 좋겠다고 생각한다
그러면 웅크리고 앉아
텁텁한 풋감이 목을 넘어오던 날들은
경운기 한 대가 지나다닐 너비도 안 될 것이다
이파리는 햇볕 속으로 빨대를 꽂고
오물거리면서도 이 빠진 고립을 되뇔 것이고

갈비뼈에 주저앉은 풍문은 속수무책
새털구름이나 되새김할 것이다
점점 흐려지는 분간과 분별을 부여잡고
그늘은 여전히 집을 받쳐야 된다고
잠깐잠깐 들러 속삭이는 여자를
나는 아직도 설득하지 못한다

풍속을 달리는 말

고지대에 올라선 몸이 두통으로 예를 다할 때
카일라스 언덕은 비로소 말[馬]을 보여 주었다
너덜너덜해질 때까지 달리고 달려온
바람의 결루,
색색의 천 위에 찍힌 룽다는
다닥다닥 말발굽 소리를 내면서
점점 날렵한 준마가 된다
잠시 고삐가 이끄는 대로 눈을 감아도 무방하다
옴마니반메훔의 주문을 안장으로 삼아
편자로 끝없이 외면서
사람들의 낮은 무릎과 굽은 등을 내달린다
경전의 모서리가 닳고 해져도
라마승의 주름이 되어
오랜 협곡을 설파한다
나무 한 그루조차 가두지 않는 바람
혀도 없이 중얼거리는 바람
무수한 구름의 속내를 되뇌며
거친 호흡을 솟대 끝에 매달아 놓는다

공중의 오랜 사육에도

갈기를 세우며 풍속을 질주하는 룽다

저 오색 깃발이

천년 묵은 판본을

귓속에 쏟아 놓고 간다

물의 악보

징검다리를 건너다 간격에 대해 생각했어요
그건 물의 반올림
잠시 헤어진 쪽을 천천히 바라보는,
당신과 나를 위한 다카포라고 떠올렸어요

물속을 들여다보다 알았네요
이렇게 맑은 템포도 있다는 걸
물은 틈을 몰라 건너뛸 일이 없어요
늘 제자리인 것 같지만
악장을 타고 하류로 갈수록 웅장해져요

때론 엇박자로 휘청거리다
추락할 수 있음을 알았어요
나지막한 오해 몇 개는 물속에 잠겨 있어서
잇단음표로 팔짝 건너기도 했죠

간격 앞에서 난처했던 일 많았어요
당김음의 감정도 역할의 터울일 거예요

그래서 사람들은 낮과 밤
늘 빠져 살 수밖에 없죠

어제보다 디딤돌이 하나 더 늘었네요
못갖춘마디가 나를 엇디딜 때면
어느 쪽도 아닌 딱 중간에 떠 있는
체공을 생각해요 아니,
한꺼번에 넘어질 수 있는
순간을 건너다봐요

좁게 흐르는 물일수록 소리가 크게 들려서
띄엄띄엄, 우리가 솟고 있어요

잠수함이 있는 곳

해가 진다 불쑥 솟아 있는 연통
연기를 매달고 있다
옥수수수프 냄새가 창문마다 성에꽃을 피운다
조막조막한 손들이 저녁을 떠먹는
소리만이 그림자로 돌아다닌다

외부 공기가 들어오는 것이
무서운 십이월
아무 일도 생기지 않고
아이들의 몸은 더욱 물러질 것이다

바람이 점점 수은주를 떨어트리는 새벽
잠 못 드는 것은 낙엽일까
아이들 잠자리일까
아니 첫눈이 뒤척거린다
어둠도 문을 걸어 잠근다
집으로 돌아갈 길도 얼어붙은
열외 지역

잠항이 삶인 아이들이 열다섯이 될 때
그 집은 잠시 수면 위로 솟는다
우리는 그 시간을 잠수함이라고 부른다

소문에 의하면
악몽에 난파된 아이만이
빠져나올 수 있다고 했다
그땐 흰 시트에 덮인 맨발 하나가
세상을 바라본다고 했다

코리아케라톱스 화성엔시스*

바위 속에서
나뭇잎의 잎맥인 듯 빗살무늬인 듯
오래된 뼈가 걷고 있었다
참빗을 닮은 한 벌의 뼈
초식이었던 뿔 공룡은 일억일천만 년 동안
바위 속으로 스며든 빗물이나
몇 번의 지각이 이동하는 소리로 연명했다
살점과 내장과 표피를 버리고 온전한 바위가 되어
마지막을 증언하고 싶었을 거다
천적이 없는 단 하나의 계절 속에서 그 오랜 진화의 시간
단단한 근육과 푸른 이끼의 털을 갖고 싶었을 거다
그러다 광물의 구球 속에서도 부화의 시간은 다가와
화석에게도 통점이 도졌을 거다

갯벌의 어패류들이 조금씩 달을 뜯어 먹는 동안
공룡은 주둥이가 뭉툭해지도록
태초의 서식지를 감각했을 것이다

한 겹 두 겹 더위와 추위를 껴입고 돌가루를 되새김질하며

온몸에 밴 울음을 초원의 저물녘에 방류할 때를 기다리며

바위 속까지 헤엄치고 있는 신경배돌기를 방치했을 것이다

부러진 골반뼈로 백악기의 유전자를 복원하고
코리아케라톱스 화성엔시스, 낯선 이름을
뒤집어썼을 것이다

아직도 공룡은 진화 중이다
크고 넓은 바위 속에는
부화를 꿈꾸는 공룡들이 은밀하게 살고 있다

*2008년 경기도 화성시 전곡항에서 발견된 뿔 공룡 화석

해설

꽃의 시동—하이브리드화 실천으로서의 시

김익균(문학평론가)

인류 최초의 문학 작품으로 간주되는 『길가메시 대서사시』에서 길가메시는 왕이자 전사인 동시에 건축가이다. 그는 자신의 도성 우룩Uruk에 엄청난 규모의 아름다운 신전을 짓는다. 이 건물을 짓기 위해서 길가메시는 친구 엔키두와 함께 인간들에게 금지되어 있는 향나무 숲의 나무들을 훔치러 가는데 그 과정에서 숲을 지키는 훔바바를 살해하게 된다. 이 때문에 신으로부터 벌을 받아 엔키두는 병들어 죽고 길가메시는 영생을 찾아 다시 여행을 떠나게 된다.

이렇듯 이 시에는 두 개의 상반된 세계, 즉 길가메시가 이루려고 하는 인간의 문명 세계와 자연의 세계가 대비되고 있다. 인간의 문명 세계를 건설하기 위해서 길가메시가 자연 세계의 나무들을 훔쳐야 했던 (아담과 이브가 사과를 훔쳤던 것에 비견되는) 원죄는 인구의 증가와 문명의 진보라는 미명 아래 일상 속에서 반복되어 왔는지도 모른다.

이제 와서 우리가 생태적으로 살고 생태적으로 사유하고자 한다면 지금까지 생각하고 살아오던 방식을 근본적으로 바꿔 나가야 하는데 한 사회 아니 인류 전체가 그러한 변혁을 이루기 위해서는 어떤 '사건'이 수반되어야 할 것이다. 2019년의 코로나19 팬데믹은 생태적 삶의 변혁을 이룰 수 있는 '사건'이 될 수 있을까? 아니 되어야 하지 않을까?

코로나19 팬데믹 사태는 학교로부터, 사무실로부터, 공장으로부터, 가정으로부터, 동료로부터, 친구로부터, 심지어 가족으로부터도 원하지 않은 격리와 고립을 우리에게 강제했다. 이 '강제'의 경험은 다양한 차원과 층위에서 미래의 삶의 형태에 대해서 인류가 새롭게 궁구해 보지 않을 수 없게 만들었다. 체제 변화 수준의 변화 압력을 지금의 인류에게 가할 수 있는 유일한 힘은 팬데믹 사태에서 보여 준 바, 기후 위기에 내장해 있는 것이다.

다정했던 말들은 치명적이었다 아껴 둔 말들도 돌변하곤 했다

앞으로 튀어나가는 습성의 말이나 조곤조곤 속닥거리는 말들도

원인을 알 수 없는 무기가 됐다

말은 이제 문밖의 객지
풀벌레 소리나 어떠한 소음보다도 하급으로 취급된다

도처의 불신을 불안으로 접선하고
모스 부호로 하루를 해독하듯
눈만 깜박이는 증후군이 도래하고 있다

—「팬데믹」 부분

'태초에 말씀이 있었다'는 성경의 기록에서 알 수 있듯이 인간의 문명 세계를 가능하게 한 것은 말씀(로고스)이었다. 팬데믹은 이처럼 신성한 "말"이 "풀벌레 소리나 어떠한 소음보다도 하급으로 취급"되는 전도를 낳았다. 이주송의 시집은 팬데믹으로 표상되는 기후 위기가 가져올 대변혁을 예비하는 시적 응전의 중요한 사례로 자리매김할 것이다. 팬데믹 또는 기후 위기는 신성한 로고스에 대한 태도를 근본적으로 바꿀 것을 요구하는 사건이 되고 있다.

기후 위기는 인간들의 정신적 감성적 황폐라는 또 하나의 재앙과 연계해서 발생한 것이다. 자연이 파괴되어 가는 것과 로고스 중심의 우리 삶이 비인간적으로 거칠고 비속해져 가는 것, 다시 말해 사람들이 자연의 아름다움과 가치와 생명의 소중함에 둔감해지는 것은 불이不二이다. 지금, 여기의 시는 이러한 진단을 통해서 도래할 생태 사회의 비전을 선취해서 보여 주어야 할 것이다.

철퍼덕, 주저앉은
한 무더기의 소똥
이렇게 아름다운 안착이 있을까요

소의 근력으로 초록을 모두 탕진한
소용을 다 바치고 난 뒤의 표정
제가 가진 본성과 중력이
가장 평안한 모습으로 내려앉은
착지

모든 힘이 털렁 빠져나온 저 똥에는
초식의 감정과 순경順境이 있습니다
막 도착한 순하디순한 온기에는
풀 속에 밴 이슬도 살아 있어
김이 사라질 때까지 경건해집니다

자욱한 안개가 잿기와 보습을 끌고
어기적어기적 새벽으로 걸어 들어갑니다

산밭이 꺼벅거리며 축축한 등을 내밉니다

소는 거친 콧김을 내뿜다가
꼬리 흔들어 고요를 쫓습니다
주인은 워워 한 박자 쉬며
언덕 아래 풍경을 되새김합니다

가만히 들여다보면
연꽃 송이 같은 소똥
좌선을 다 끝내고 나면
한 움큼의 풀씨 경전이 되겠지요

—「안착」 전문

생태 사회는 반전과 평화주의를 실천하고 삶의 의미를 사색하며 함께 모여 흥겹게 춤추는 사회, 새 이름과 꽃 이름에 훤한 자연친화적 사회이다. "초록"을 "근력"으로 남김없이 "탕진"하고 났을 때 기꺼이 똥이 되어 초록의 일부로 돌아가는 "이렇게 아름다운 안착"은 아직 도래하지 않았다. 시는 그 세계를 우리 눈앞에 당겨 옴으로써 부재하는 것에 대한 그리움을 불러일으키기도 한다. 거듭 말하자면 순간의 깨우침과 개안의 희열 속에서 "가만히 들여다보면/연꽃 송이 같은 소똥"이 현현하는 에코토피아적 세계는 아직 도래하지 않았다. 하지만 찰나적인 합일의 순간을 포착하여 그것을 시적 언어로 표현함으로써 우리는 그 세계의 한 자락을 들여다볼 수 있게 되고 에코토피아에 대한 그리움과 열망을 갖게 된다. 파국을 향해 달려가고 있는 기후 위기의 시대에 시가 할 수 있는 일은 부재하는 생태 사회에 대한 그리움을 불러일으키는 일인 것이다. "바람직한 생태시는 인간의 생태 지향적 행동을 현실적으로 이끌 수 있는 진정한 자각과 추동력을 제공할 수 있어야 한다"[1]는 의미에서 「안착」은 생태시의 전범典範으로 부족하지 않다.

인간의 생태 지향적 행동을 이끌어내기 위해서 우리는 자연에 대한 인식을 근본적으로 바꾸지 않으면 안 될 터인데 "제가 가진 본성과 중력이/가장 평안한 모습으로 내려앉은/착지"는 자연을 대상화하는 명석판명한 정신으로부터 가장 멀리까지 우리의 상상력을 펼쳐 보인 시구라고 말할 수 있을 것이다. 이러한 '착지'의 이미지로 도달한 "한 움큼의 풀씨 경전"의 세계는 경건한 에코토피아로 보인다.

---

1 임도한, 「생태시의 과제와 자각의 계기」, 『한국현대문학연구』 16, 한국현대문학회, 2004, 26쪽.

버려진 차의 기름통에선
몇 리터의 은하수가 똑똑 새어 나왔다
빗물 고인 웅덩이로 흘러 들어가
한낮의 오로라를 풀어 놓았다
그러는 사이 플라타너스 잎들이
노후된 보닛을 대신하려는 듯
너푼너푼 떨어져 덮어 주었다
칡넝쿨은 바퀴를 바닥에 단단히 얽어매고
튼실한 혈관으로 땅의 숨결을 불어넣었다
햇빛과 바람, 풀벌레와 별빛이 수시로
깨진 차창으로 드나들었다
고라니가 덤불을 헤쳐 놓으면
그 안에서 꽃의 시동이 부드럽게 걸렸다
저 차는 버려진 것이 아니라
식물성 공업사에 수리를 맡긴 것이다
그래서 소음과 매연과 과속으로 탁해진
그동안의 피를 은밀히 채혈하고
자연수리법으로 고치는 중이다
풀잎 머금은 이슬로 투석마저 끝마치면
아주 느린 속도로 뿌리가 생기고
언젠가는 차의 이곳저곳에 새들도 합승해,
홀연 질주 본능으로 기슭을 배회하다가

봄으로 감쪽같이 견인될지도 모른다

아이들은 효율성 좋은 자동차라고
차 문을 열거나 지붕 위에서 뛰기도 하지만
계절의 시속으로 함께 달리는 중이라는 걸
아무도 모를 것이다 지금도 차 주위로
푸릇한 수만 개의 부품이 조립되고 있다

—「식물성 피」 전문

"철퍼덕, 주저앉은/한 무더기의 소똥"의 "착지"와 대비되는 것이 "버려진 차"의 이미지이다.「안착」의 "풀씨 경전"이 전통적인 생태적 사유에 기반하는 데 비해「식물성 피」에서 "버려진 차"는 데카르트 이후의 근대에 대한 비판적 사유의 가능성을 암시한다. 데카르트의 정신·물질에서 시작해 칸트의 주체·객체로 이어진 이원론적 사고에 따르면, 인간의 영역과 비인간의 영역은 존재론의 차원에서 근본적으로 분리돼 있다. 하지만 기후 위기의 시대에 데카르트적인 분별력은 여지없이 조롱당한다. "외양간은 제 새끼 이마를 핥으며/분별력을 배우는 중인 것이다"(「분별력」) 혹은 "그늘은 여전히 집을 받쳐야 된다"는 '집과 그늘'의 전도된 이분법에서 드러나듯 허물어 버려야 할 낡은 관념(「그늘 몰래」)으로 밝혀진다.

위의 시는 근대적인 인간이 가진 구체적인 욕망과 감각이 '자연의 일부로서의 인간'이라는 세계관과 미학적으로 만날 수 있는지 질문하게 한다. 인간에 대한 일방적 혐오의 정서를 표방하지 않으면서도 인간의 영역과 비인간적 영역의 분단 체제가 폐지되고 "꽃의 시동"의 세계가 펼쳐지고 있는 것이다.

"아이들은 효율성 좋은 자동차라고/차 문을 열거나 지붕 위에서 뛰기도 하지만/계절의 시속으로 함께 달리는 중"이다. 자연은 모든 존재의 통일체이기에 인간 역시 '자연인간'이라고 할 수 있다. 자연세계의 존재 원리는 힘에의 의지이다. "나 역시 '자연으로 돌아감'에 관해 말한다. 이것은 본래는 돌아감이 아니라 올라감이다. —즉 높고 자유로우며 심지어는 섬뜩하기까지 한 자연과 자연성으로의 올라감"이라고 말하는 니체가 자연성을 높고 자유롭고 섬뜩하기까지 하다고 이해한 것은 바로 자연이 힘에의 의지를 존재 원리로 갖기 때문이며 그렇기 때문에 자연으로 돌아감은 곧 힘에의 의지에 충만하다는 의미에서 올라감이 된다.[2]

---

2 홍일희, 「인간과 자연의 관계정립의 문제—니체철학을 중심으로」, 『철학논총』 제3권, 2004, 237~258쪽.

지나친 절망도 희망도 어떤 해법을 주지는 못하는 기후 위기 시대에 우리는 자연으로 돌아감이 아니라 "아이들"처럼 섬뜩할 수도 있는 자연의 힘에의 의지로 올라서야 하는 것이 아닌지 이주송의 시집에서 우리는 쉼없이 묻게 된다.

멧돼지 한 마리
그 꺼칠한 털 속에는 웬만한 풀밭이나
산기슭이 들어 있다

노루발 뻐꾹채 지칭개 복수초 현호색 강아지풀
질경이 벌개미취 금낭화 산자고 쇠별꽃

멀리 가고 싶은 풀씨들은 멧돼지 등에 올라타면 된다

제 몸에 눈 녹은 묵은 봄이 가려워
멧돼지는 부르르 온몸을 털어댈 터
씨앗들은 직파 방식으로 파종될 것이다

북극의 스피츠베르겐 섬에는 국제종자 보관 창고가 있다
먼 훗날의 구호를 위해 멧돼지 한 마리

그 쉭쉭거리는 씨앗 창고를 기르고 싶다

이 산과 저 산
이쪽 풀밭과 저쪽 풀밭이라는 말
다 멧돼지의 등짝에서 떨어진 말일 것이다
그러니
너나들이로 섞이는 산
번지는 초록들은 멧돼지의 숨결
국경도 혈연도 지연도 없다

멧돼지 꼬리에서 반딧불이 날아오르고
꺼칠한 오해 속에서도
극지에서도 풀씨들은 움튼다

—「풀씨창고 쉭쉭」 전문

심층생태학deep ecology을 개창한 노르웨이의 철학자 안 네스는 인간 중심적인 관점에서 환경과 생태 문제를 해결하는 기존의 입장을 피상생태학shallow ecology으로 규정하면서 자연을 인간의 욕망을 충족시키는 자원이자 수단으로 보는 인간 중심적인 사유가 생태 위기의 근본적인 원인이라고 진단한다. 또한 이러한 위기를 극복하기 위해서는 개인적이고 사회적인 관행의 변화를 넘어

생태 중심적인 세계관을 형성해야 한다고 강조한다. 심층생태학의 핵심은 인간을 포함한 지구상의 모든 생명체는 상호 연관되어 있다는 것, 즉 만물은 서로 연결되어 있고 만물은 함께 호흡한다는 것이다. 나아가 인간만이 아니라 다른 모든 생명체도 자기 고유의 가치를 지니며, 이런 생명의 다양성과 풍요로움을 축소시킬 권리가 인간에게 없다는 것이다. 마침내 심층생태학은 개별적인 자아, 소아가 아니라 이런 자아를 품고 있는 자연과 함께하는 더 큰 자아, 생태적 자아를 실현할 것을 요구한다.[3] 인간은 자연에 군림하는 존재가 아니라 오히려 거기에 깃들여 사는 생명체의 하나라는 인식은 인간중심주의에서 생태중심주의로 변해야 한다는 호소이기도 하다.

"멧돼지 한 마리/그 꺼칠한 털 속에는 웬만한 풀밭이나/산기슭이 들어 있다"는 시적 상상력은 심층생태학적 사유를 탁월하게 시적 사유로 전개시키고 있다. 인간은 다른 동식물과 함께 '지구라는 커다란 집에 세 들어

---

3 이현복, 「생태철학의 선구자, 스피노자-생태학적 관점에서 바라본 스피노자의 자연관」, 『근대철학』 제6권, 2011, 21~43쪽 ; Arne Naess, Spinoza and Attitudes Toward Nature, The Selected Works of Arne Naess, Springer, 2005, 2647~2661쪽.

사는 존재'라는 이미 익숙해진 테제를 위의 시는 멧돼지 한 마리의 털 사이사이에 '세계'가 들어 있다는 구체적 이미지로 되살려내 우리에게 돌올하게 다가온다. "너나들이로 섞이는 산/번지는 초록들은 멧돼지의 숨결/국경도 혈연도 지연도 없다"는 시구에서 보듯 근대적 정신으로 무장한 인간만이 아니라 다른 모든 생명체도 자기 고유의 가치를 지니며, 이런 생명의 다양성과 풍요로움을 축소시킬 권리가 인간에게 없다는 것은 더 이상 누구도 부인하지 못한다.

광채 나도록 닦인 오후
갈참나무 숲 비탈길에 군화 한 짝 낙오되어 있다

(중략)

나무들이 이파리 떨궈 위장을 해 준다
찔레꽃이 붉은 암구호를 외고
노을이 새들의 교신에 순순히 타전된다
뒤늦게 도착한 산사의 풍경 소리가
느린 행군으로 저녁에 합류한다

—「퇴로가 차단된 숲」 부분

시간과 지면을 탕진한 이후 못다 한 이야기를 독자들이 또 다른 방식으로 이어가 주기를 바라는 많은 시편 중에 한 편인 「퇴로가 차단된 숲」은 기후 위기 시대에 더욱 의미 있는 인간의 막다른 골목을 아이러니하게 다루고 있다. 근대 국민 국가를 지키는 마지막 폭력 장치로서 '군화'가 일구어 온 삶은 자연이 가진 숭고한 강제력 앞에서 달아날 수 없다. 우리에게는 바깥이 없다.

위의 시에서 "군화 한 짝"은 근대 사회의 삶의 알레고리이며 '퇴로가 차단된 숲'이라는 제목은 결국은 자연과의 전투에서 삶은 행복한 항복을 감행해야 한다는 것으로 해석된다. 언젠가 과학기술사회학자 브뤼노 라투르는 근대의 사회와 자연을 분리하는 과정을 '정화 작업'이라고 적시한 바 있다. 하지만 실제로는 인간만으로 구성된 사회와 비인간만으로 구성된 자연은 존재한 적이 없다는 것이다.

이제 퇴로가 차단된 군화가 숲속에서 삭아 가는 시간이 왔다. 숲의 나무들, 찔레꽃, 노을, 산사의 풍경 소리까지 "느린 행군으로 저녁에 합류"하고 있다. 근대인의 '정화된' 사고방식과 모순되는 하이브리드화 실천으로서 이주송의 시집을 읽어내는 이어달리기는 계속되어야 하겠다.

식물성 피

2022년 10월 21일 1판 1쇄 펴냄

지은이 이주송
펴낸이 김성규
편집 김안녕 김도현
디자인 신아영
펴낸곳 걷는사람
주소 서울 마포구 월드컵로16길 51 서교자이빌 304호
전화 02 323 2602
팩스 02 323 2603
등록 2016년 11월 18일 제25100-2016-000083호

ISBN 979-11-92333-29-8 04810
ISBN 979-11-89128-01-2 (세트)

* 이 도서는 한국출판문화산업진흥원의 '2022년 우수출판콘텐츠 제작 지원' 사업 선정작입니다.